U0508022

白布条

霍昊天◎著

北方文艺出版社

图书在版编目（CIP）数据

白布条 / 霍昊天著 . -- 哈尔滨 : 北方文艺出版社 , 2021.8

ISBN 978-7-5317-5165-6

Ⅰ . ①白… Ⅱ . ①霍… Ⅲ . ①短篇小说 – 小说集 – 中国 – 当代 Ⅳ . ① I247.7

中国版本图书馆 CIP 数据核字 (2021) 第 123068 号

白布条

BAIBUTIAO

作　　者 / 霍昊天

责任编辑 / 富翔强

装帧设计 / 树上微出版

出版发行 / 北方文艺出版社

邮　　编 / 150008

发行电话 / (0451) 86825533

经　　销 / 新华书店

地　　址 / 哈尔滨市南岗区宣庆小区 1 号楼

网　　址 / www.bfwy.com

印　　刷 / 武汉市籍缘印刷厂

开　　本 / 880 × 1230　1/32

字　　数 / 56 千

印　　张 / 3.5

版　　次 / 2021 年 8 月第 1 版

印　　次 / 2021 年 8 月第 1 次印刷

书　　号 / ISBN 978-7-5317-5165-6

定　　价 / 48.00 元

目 录
CONTENTS

寻找李欣欣

我的妻子与我结婚之前，曾在一所教育培训机构当过一个月的教师。那时候她还没有获得教师资格证，只能到很窄很窄的巷子里去找那种教育培训机构，教小学三年级语文。

她在那里当教师的时候，我俩已经认识了四五个年头。算不上青梅竹马，但也是看着对方成长起来的，再没有交集，回想到那时的事情，还是会有扯不完的话题。所以我俩就经常在QQ（即时通信软件）上谈心。

她从教育培训机构离职之后的那天夜里，给我讲了这样一个真实的故事。

我的妻子

我有个故事，想写又写不出来，或许可以说给你听。

上班的时候，我隔壁班里有个小姑娘。我上了一个月班，给她梳了一个月头发。有天我问她，早上为什么不梳头呢？她说爸爸不会梳，她也不会。可是她已经三年级了，不想再留短发了。

我大概明白了，应该是单亲。

后来有一次班里写作文，题目是《我的爸爸》。

我很震惊！她的作文和别人的作文差距太大了！在她的笔下，她爸爸只有三件事情：给人装修，干完活了喝酒，喝完酒打她……后来那篇作文被他们语文老师撕掉了，她又随便从作文书上抄了一篇。我跟那个老师随便聊了几句。老师说她是单亲家庭，她妈妈没能力抚养她。我说，那咱们能和她爸爸多沟通沟通吗？那老师看了我一眼，劝我不要多管闲事。

我还是加了她爸爸的微信。我说，李欣欣（女孩化名）进步很大，这几次考试都是九十多分，您可以多鼓励鼓励她。她爸爸问我：那为什么不是一百分？

我无话可说……她爸爸又说，她不能夸，一夸就飘，就得打。我觉得这个沟通进行不下去了，就没再说什么。

有天早上我边在教室后面啃玉米边看他们早读，她悄悄过来说："老师你头发今天真好看；老师你今天衣服真好看……"我说："你干什么坏事了，从实招来！"她说："老师，你的玉米能给我吃一口吗？"她早上没吃早饭。我问她为什么，她说她爸没给她钱。

我没有勇气再去联系一次了……或许结果更糟呢？或许……好吧，我就是没有勇气。

离职的前一天，我在办公室收拾着教案和书本，她小手背在身后，一小步一小步地挪到我的跟前。我停下手里的活，她突然伸手把一袋小零食递到我手里说："老师，我把我攒的零食都给你，你给我上一天课好不好？"她仰头看着我，看得我直想哭。

关于她的事，从她的老师那儿东拼西凑的了解了一些，然后我就不敢问了。无能为力，难受得要死。

听说我没入职之前，有一次她爸爸打她，屁股真的是被打开了花。她不敢往椅子上坐，又怕别的同学看出来，就把腿垫在下面。有个年纪比较大的老师以为她调皮捣蛋，还训斥了她一顿。

我想她一定很难过吧……

离职前，校长让我给各个家长打电话——尽量让他们的孩子新学期还来学校补习。终于在我群发完招生广告之后，她爸爸把我删了。

我总想写点什么，自责自己不够勇敢，怎么会有这样的父亲……就……我也不知道我要表达什么，就是很想为她写点什么，虽然她看不见。

电影里一般这种故事总有一个为她伸张正义的人，我不知道她是否对我有过希望，可是我没有。我心里很堵……

隔着手机屏幕，我分明能看到她眼睛里的闪闪泪光。我也被触动了，一时间沉浸在一种苦闷的情绪中，竟不知该怎么安慰她。

这个故事藏在我心里很多年。

直到大学毕业后，我在一所军事院校做了文化教员……

我

五年前，我研究生毕业后申请留校，在我就读的军事院校任教。开学的第一天，我的花名册里出现了一个“李欣欣”的名字。我以为是十多年前那个“李欣欣”，然而并不是。

我班里的李欣欣，几乎是全校男生的理想伴侣。文文静静的，上眼瞧就知道大概是阔气家庭里的千金。怎么表达呢？就是我经常在短视频平台上看到的那种颜值很高的女兵。我以为是重名，就没太在意——本来就是重名嘛！如果按我妻子口中描述的那样，李欣欣还生活在那样的家庭条件下，凭我的直觉，她绝对考取不到我任教的这所学校。但我又觉得自己有些犹豫：我的直觉就一定正确吗？一定百分之百不会出差错吗？我怎么就知道这十多年里李欣欣的父亲会不会改变呢？也许李欣欣长大了不用他操心了，他自然就变成另一种人格呢？这谁也说不准。那一瞬间，寻找李欣欣这件事突然从我脑子里蹦出来。

是的，我要找到这个名叫李欣欣的女孩，这个埋在我和我妻子心底十多年的女孩。那年，我妻子——当然那时还不是我妻子——给我讲完李欣欣的故事之后，或者说是经历了李欣欣事件之后，俨然变了一个人。她似乎整个人都陷入了对李欣欣父亲的恐惧，再严重一点，会上升到对一部分男性群体的恐惧。这种状态持续了十多年。我也很无奈。我妻子大学期间在学校的心理健康教育中心当过助理。一个心理健康教育中心的助理，患上了严重的心理疾病，这是一件十分费解的事情吧。起初，我并不知道她那种浑浑噩噩的状态是生了病，以为她只是心情不好。后来她的情绪持续了两三个月的时间，我才发觉不对……

十多年来，我带着她跑遍了全国的各大医院，希望能治好她这种心病。我也每天给她做心理疏导，可是长久以来，她并没有一点好转，并且整天靠着药物来缓解自己，我心里很不是滋味。

然而，当我在花名册上看到“李欣欣”这三个字，我似乎感觉到我妻子有救了。

李欣欣是她的心结。她不止一次跟我说过，李欣欣经常会出现在她的梦里。她也不止一次想过，李欣欣会不会被她那个混蛋父亲折磨致死。当下，只有解开我妻子的这个心结，才有可能彻底治好我妻子的病；而解开这个心结，我当前的首要任务就是找到李欣欣。

我必须要赌上一把。

如果我在花名册上看见的这个“李欣欣”就是我和我妻子默默寻找十多年的那个女孩，那我也算是苦尽甘来了。如果不是，那寻找李欣欣这件事将是一件大工程。甚至要把很多单位都扯进来。我倒是不怕。说实话，我父亲年轻的时候人脉很广，我高中的同学有很多大学毕业后都回了家乡工作，且多数都在人事局、教育局这些单位，虽然职务不高，但要找个人，也是轻而易举的事情。只是我高中毕业后，也没怎么联系过人家，突然一联系就要办事，是不是显得我这人水平有点儿差了？还有啊，我这身份，不说是多么位高权重吧，可军衔在那摆着呢。我一回家，就必然有县里的、市里的领导要请我去做客。我是真不喜欢这些人情世故啊。话又说回来，到最后，我和我妻子可能出现在央视“等着我”节目的录制现场，李欣欣从那个满载希望的门后走出来，我们三个人相拥在一起。但，如果到时候没来……

没来也没多大关系。

找不到我就一直找。

军训开始后的第二个星期，我在训练场见到了李欣欣。她的军训班长告诉我，她训练太刻苦了，全不把自己当女兵，从心里要与男兵一决高下。这与我从妻子那里了解到的，那个勤奋学习的李欣欣很像。也许十多年后的李欣欣，她骨子里那爱学习的劲儿还在呢？

可令我大吃一惊的是，我默默关注了十几天的这个李欣欣，竟然操着一口流利的东北口音，似乎是土生土长的东北人。我就果断打消了这个念头——我要找的李欣欣是我的老乡！是河南人！河南人讲普通话咋能是东北口音呢？

好吧，也许她本就不是我要找的李欣欣。看来我的确得回家一趟。

说实话，若不是因为李欣欣，我至少还有三四年才会回来。为什么是三四年，我不知道。但凡有人问我与长时间有关的问题，且单位要精确到年的，我就习惯他用三四年作为衡量这段时间的数目。仔细想想，我觉得我太不孝顺了。从我十年前考入军事院校服役后，就再也没有在故乡待过一段长日子。我父亲常说，不指望我回家看看。说我得顾大家，他们的小家有他们老两口足矣。我确信，就没回过。说到头来，我回来也并不是探亲的。

我始终没法忘记寻找李欣欣。这个名字就像一根钢针扎在我的心头，一扎就是十来年。当然，我心里装着的，是我的妻子。我放不下，放不下李欣欣，也放不下我妻子。于是当我面向父亲蹒跚的脚步时，心里头还在规划着寻找李欣欣的几个方案——这也是我后来才意识到的。

寻找李欣欣的第一步，大概要追溯到十多年前，我妻子给她上的最后一堂课。那也是她们最后一次见面。那之后，李欣欣去哪了？考上了哪所中学？若没上学去做了什么？后来又到了哪个城市？现在如何？我啥都不知道。我目前仅知道的是，这个人名叫李欣欣，性别为女，年龄在十八九岁，除此之外，我再也得不到有用的信息了。

我妻子也没我知道的多。前面已说过，尽管她十几年来每天都惦记着李欣欣，可她恍惚的情绪已经严重地影响她的生活了。究竟如何影响，结果怎样，我无法用言语表述。

我仅知道，她目前的记忆力远不及同龄人，至少是远不及我的。往往是半年前去了哪里，做过什么事情，到今天就已经忘得差不多了。想到这里，我又鼓起精神，去寻找李欣欣。

我本以为，通过公安局寻找一个人，应该是一件挺容易的事情。我说不清怎样容易，最多不就是在那个户籍系统上面搜索一下？然后个人信息便出来了。可我忽略了一点。户籍系统能是我说用就用的吗？我是个什么角色？于是，我开始张贴寻人启事。贴到每一个小区的公告栏，也许成效会明显得多。

若你真与这李个欣欣有半毛钱的关系，你肯定不会为了钱而卖自己家孩子吧？寻人启事上我写的还不够清楚吗？我妻子与李欣欣并非亲缘关系，只是多年未见，我妻子比较想念她曾经教过的学生罢了。

半个月来，我接了无数次这样的电话，张口闭口就问给多少钱，我笑笑，听他们把故事编下去，不作声，然后等对方挂掉电话。慢慢地，来电话的人少了。贴在公告栏的寻人启事也许早就被人撕下来做厕纸了。

我又拜托教育界的朋友，帮我打听打听这两年高中毕业的，有没有一个叫李欣欣的孩子。唉！我又想，如果是一个毫不相干的人，拜托我去全军这么多单位打听一个普通的士兵，我会帮他吗？也许会，因为我有这个能力；也许不会，军队士兵太多了！几百万里挑一个出来，谈何容易啊？

我也拜托了公益界的朋友，问问有没有收留过一个叫李欣欣的孩子，今年十八九岁了。结果是没有，即使曾经有过，现在的去向他们也无处去查。我还托朋友找了商会，想看看这孩子是不是去哪个大城市打工了。结果北京商会没有，上海商会没有，广东商会没有……

罢了，罢了。

说实在的，我一开始真没想到找一个孩子竟然这样难。但话又说回来了，若不难，我妻子也不会寻找了十多年都没有结果，还要拜托我继续寻找下去。

我开始后悔了。

我在最开始的时候，真应该求我父亲去拜托他公安局的朋友。他一个电话，说不定这孩子就找到了。但我不愿开口求我父亲办事，那样显得我太没出息。到现在，我不得不承认，我父亲的那种高度，我是很难达到的。

探亲假结束后，我灰头土脸地回了营区。

我甚至不敢面对我的妻子。

因为出发前，我曾许诺过，用一个月的时间，发动我所有的关系，把李欣欣带过来与她见个面。而现在，一个月过去了，我甚至连李欣欣的照片也没见过……

我太没用了！

我无奈把视线放到了军校学员李欣欣身上。这个结果，我一开始就猜到了。而我依然执拗地回到家乡，只是求证我的猜测。我始终坚信，我的学生李欣欣，很多特征都与我妻子的学生李欣欣有极大的相似性。我不知道这种感觉是从哪里来的，就是打心眼里确认，李欣欣成绩很好，并且考到了我任教的这所学校。当时，在我找到李欣欣的第二天，确认她的东北口音后，我毅然放弃了对她的秘密调查，现在看来，似乎是错误的。若我对她的调查进行下去，也许我妻子的心结早就解开了，早就能与李欣欣见面了。

我开始重新调查李欣欣。尽管我深知，在有些程序上，稍不留神就会违反军纪，我也顾不了那么多了。

我没想到，简直是轻而易举。

我偶然看到李欣欣的日记：

2020年11月4日　　星期三

我想，也许我永远不会忘记2008年我在培训机构补习时遇到的那位年轻的老师。与她相处的那段日子大概是我这十九年来最幸福的时光吧！

我父母给我起了“李欣欣”这个名字。“欣”是喜悦的意思。但我，却无论如何都找不到一丝喜悦。

我父母是媒人介绍走到一起的。父亲家里有点儿钱，母亲是实在的乡下人。结婚不久后就有了我，生下我之后便离了婚。活像一部电影啊！从此，我开始过上这种亲情丢失的生活。法院把我判给了父亲，我母亲因为生活拮据连抚养费都不用给，也就从来没有看过我。

我很小的时候，我父亲就开始赌博。那时我还天真地以为他每天朝九晚五地工作是为了生计，直到我亲眼看见几个穿着制服的叔叔给他戴上手铐，押上警车。

我被寄养在长春的一家儿童福利院——我也不知道我为什么跨越几百公里，从河南跑到了吉林——也许是我父亲很早就安排好的。

哦，我现在不想提我父亲了，我是说我父亲打我那些事。也许他认为那种教育方法是对的吧？唉，我真不想提他了，也不想听到与他有关的任何事情。十二年过去了，我不知道他是死了，还是仍在服刑，或者已经从监狱里出来了。

不管怎样吧，我始终不确定如果有一天他来找我，我还认不认他这个父亲。

值得一提的是，从我父亲入狱那一刻起，我在这个世界上的亲人，就只剩下福利院的老师和我三年级暑假见过的那个老师。那时虽然我很小，记忆有点儿模糊，但你要让我现在看到她，我肯定还能认出来。我一直打心眼里认为，我在这个世界唯一的亲人，就是那位启蒙老师。是的，我一直对外这么称呼她。尽管她比我大不了多少岁，那年她刚上大学，更适合当我的姐姐。但我还是觉得老师这个称呼更能表示我对她非同一般的感情。

老师，我考上军校了。读高中的时候，我遇到了补习班里的老师，他们说，您跟着家属随军了。

可是，老师，你在哪啊？

日记里所说的老师，是我妻子。

我简直太激动了。李欣欣啊李欣欣，我没想到竟然是你主动找到我们。我以为，这么多年过去了，也许你已经把你的老师忘记了，但是你并没有，并且你也在寻找着你的老师，你也在寻找着我们。这是多么幸运的默契呀！

万幸，我终于找到了李欣欣。

万幸，如果再没有找到李欣欣，也许我也会像我妻子一样，变得失魂落魄。回头看看，我从学校这个原点出发，经历了如此辗转后，又回到这个原点。早知如此，如果当时确认我的第一种感觉，也许就不会这样大费周章。

至于后来嘛，大概也不用多说，故事就这么长，剩下的也没什么要讲的了。我安排妻子与李欣欣见了面，这对师生相见后痛哭了好久好久。之后我与妻子成了李欣欣现在唯一的家人，李欣欣成了我们家的一个新成员。

三面墙

苏卫东不觉得自己是个傻子。

苏卫东蹬着辆自行车，晃晃悠悠地从乡里往周郢驶去。周郢是槐树乡最小、最偏僻的一个村子，也最穷。有句谚语很早便开始在槐树乡流传起来，家喻户晓——有女莫嫁周郢村，穷了自己穷子孙。

从县城沿二〇四省道一路往北走到头，进入槐树乡。再沿槐树公路往东，也是在尽头，有一处横穿槐树乡的河，叫石槽河。周郢村就被孤立在石槽河的边上。以前，村里人常常要扎木筏从那边出来，到集上买菜，再乘木筏回去。有一年，一连几个月都是风雨天气，村里人没办法过河，一上木筏就跌入河里去了，村里有几户人家掉进河里绝了户。乡里干部看不下去了，批款给周郢村专门修了一座石桥。石桥旁边，立着矮小破旧的三面墙，看到的人经常会问这是啥时候的遗址。“哪是遗址呀？这是苏卫东的家。”

其实苏卫东家原本不是这么破。村里有上年纪的老人说过，早些年，他家本来是四面墙的，有一天不知道是谁家孩子在门口点了一堆炮仗，一炸，就成三面墙了。于是就一直是三面墙，没去修。村里人取笑他，干脆把“三面墙”当作了他的外号。

他优哉游哉地蹬着他那辆破自行车。

天正下着小雨，润物细无声。雨落到苏卫东脸上，他哈哈大笑起来，过后嘴里又嘟囔着什么。本来就是夜里，路上车少，人也很少，只有五米一隔的路灯能听得清他嘴里在说什么。是骂村里的麻子哥调戏他老婆了？还是说王姨她家的二姑娘今天又捯饬得挺漂亮？抑或是晚上又喝了几斤酒，饭桌上谁又给他多少钱，说了什么他乐意听的话了？只有他自己知道。

苏卫东恍恍惚惚到了周郢的那条河。他下意识地从车上跳下来，走两步又骑上去，骑过了石桥，到村子里头。村里人大多都已经睡了，没睡的不是刚从地里回来，就是在屋后上厕所呢。刚从地里回来的人也少，毕竟农活还没到忙起来的时候。村里没有人注意他，也没有人趴在窗户眼上看是谁回来了。他还是笑着，时不时地扭过头去，好像有人在跟他搭讪一样。这时，他突然觉得头晕得厉害。许是晚上喝的酒在这会儿发作了。苏卫东头脑还是清醒的，手脚却不听使唤了，想着家就在前方，再努力蹬两下就能到门口了，他却再也坚持不住，放倒自行车，躺在路边睡起来。媳妇听见屋外有响动，便走出来，见一个七尺大汉倒在地上，不觉有些害怕。走近才发现，这是当家的回来了。她凑上前去，喊了几声“傻子”。“傻子”不理。

媳妇喜欢叫他傻子。也难怪，他本来就是个傻子。苏卫东生下来就有一种傻病。这病不叫傻病，在医学上叫先天性愚型。这词是媳妇上网查的。这病能治吗？网上说，目前无有效治疗方法。但苏卫东不觉得自己是个傻子。也是，傻子从来不说自己是傻子。可他不一样，他虽然有傻病，但他还真不傻。

苏卫东的傻病是天生的，但不傻也是从娘胎里带来的。他刚出生那会儿，苏母并不知道他是个傻孩子，只是觉得面相难看，就一股脑儿把责任归到苏父的身上，苏父本来也不好看。作为乡里小学的老师，苏父经常能把孩子吓哭。很快，苏母开始教他说话，可他每次总是支支吾吾半天憋不出一个字来。两口子也还没当回事，经常挂在嘴边“还小，还小！小孩子是要慢慢学的。”一岁、两岁、三岁、四岁……生字都认一大把了，咋还不会说话呢？就遭到来村里人的纷纷议论：咋没听老苏家的孩子叫过人呀？唉，苏老师教这些年书，怎么没把自己家孩子教会说话。老苏家生的该不是个傻子吧？

这些非议，苏父苏母第一回只是听听；第二回听到就有些动摇了；第三回便觉得这孩子真就是一个傻子。于是他们就带着孩子往乡里医生家里赶。果真，还真是个傻子。

苏家两口子咋能接受这个事实？两口子不愿意啊，就在医生家里埋头哭起来；回到家了，又在家里哭。这时，可显着小苏卫东的聪明劲了，他从床这头爬过来，一手摸着父亲的肩膀，一手搭在母亲的背上，发出傻笑声。两口子赶忙憋住哭声，回过头来，看着他，一时间，又觉得这孩子不傻，憨憨地对着他笑了。

父亲从来没有把他当作傻孩子。年纪到了，送他去了村里的小学读书。苏卫东也争气，学习成绩一直都好，经常是班里的第一名。可在村里头住的没有一户不知道苏老师家的儿子是个傻子的，就经常拿自家孩子跟他比：你这次咋连傻子都考不过？傻子能考第一，你考不了？你看看傻子都比你学得好！时间一长，这些话又传到苏老师的耳朵里，可他又不敢明着跟人家吵，心里头不是个滋味。倒是苏卫东更争气了，考上了县里的重点高中，因为身体的特殊原因，苏老师去城里走朋友托关系，才让他顺利入了学。

苏卫东高中时期成绩是很不错的，高中毕业时又考上了名牌大学，而那些取笑他傻的人，复读了一年又一年，最终还只是上了师范学校。村里人都说，槐树乡这些年走出的第一个大学生竟然是个傻子。苏卫东只是听听，心里竟然有点儿得意。等到开学那天，学校那边传来消息，白纸黑字清清楚楚地写着：对苏卫东同学不予录取，说是学校考虑到综合因素才做出的慎重决定。说到底，还是不想录取一个傻子。这一慎重，苏卫东可哭丧脸了，就赶忙给学校回信。他一笔一画在纸上写了一页，把信送到邮电所，随信还附上了他从小学到中学的试卷。半个月后，学校回信了，还是那句话，不予录取。苏卫东继续写信。父亲可急了，收拾东西搭车去省城，要找一位在省里任职的朋友说说情，临走还带上了家里养的两只老公鸡。半个月后，前脚信刚送到家，后脚父亲就回来了，随行的还是那两只老公鸡，只是经过颠簸，显得有些落魄失意了。学校当然还是不予录取，父亲的朋友呢？当然是说学校按规章办事，他也做不了主，又一并将父亲和两只鸡还算客气地请出了家门。他不打算再回信了，父亲好生劝说，没有什么用。父亲恼了：“你真是个傻子！”他哪能听得这句话？这么多年，从来没有人当面说过他是傻子，人都是有自尊的。

父亲似乎戳到了他最痛的那一点，一怒之下，他将面前的信撕得粉碎，趴在桌子上，哭天喊地。从此，苏卫东就一蹶不振了。

一直到了二十多岁，该结婚的年纪。周郢村穷，谁愿意嫁到这地方来呢？再说，谁愿意嫁给一个傻子呢？

真有。经媒人介绍，也是在周郢村，有一父母早逝的女孩子，有点文化，如果苏家愿意，愿意嫁给傻子当媳妇。父亲当然是愿意的，就安排他与女孩子见了一面。他不傻，他知道给人倒水沏茶，茶喝光了还知道续上，非常体贴。面对面坐着，从孔子的《论语》聊到金庸《笑傲江湖》，很投机。虽然说的不是很流利，但姑娘很满意，心里念叨着：这傻子也不是很傻呀！临走前，送给他一个词，叫温文尔雅。他记下了。过了些时日，姑娘就名正言顺地嫁到苏家来了。父亲很欣慰，觉得这至少能改变儿子身上的“懒气”。可姑娘勤快，非但没改变苏卫东，还给他照顾得很周到，使他越来越懒。养他这么些年都没改变得了，换个人养他些日子就改变了？不现实。父亲也就不指望他能振作起来干些什么事情，直到父亲病终。

苏卫东父亲去世后是村民们负责安葬的。老苏教了一辈子书，攒了点人缘。又因生了个傻儿子，村里人都同情他，就自发给他父亲葬在了他母亲身边，一个依傍山水的好地方。

这下，苏卫东彻底没了牵挂，甚至有些洒脱。他是恨父亲的，恨父亲一声不吭就卧在地底下，不管他了；恨父亲没能给他一个好的身体，以至于他不能像正常人一样读书生活。苏卫东的经济来源也少了。父亲在世时还是有退休金的，如今，仅凭着妻子起早贪黑在饭馆打工，能挣几个钱？但他还是不愿意找点儿事情做。最后，周郢村支部拉了他一把，给了他一个贫困户的名额。

年初，市里脱贫攻坚指挥部开了会，周郢村成了省军区的定点帮扶贫困村。村里人第一个就想到了苏卫东，约定着农历年前要上苏卫东家里看看。

这次乡里头请他喝酒，讲的就是这事。

不知睡了多久，苏卫东才从睡梦中醒过来，一看，妻子正打着伞站在面前呢。妻子见他醒过来，把他从地上搀起来，又扶起自行车架在胳肢窝，随即往屋里走。

“啥事啊？喝这么些酒。”

苏卫东说不清楚，急得直拿手比画，又示意妻子给他拿来纸笔。他平时是通过纸笔与人交流的。

他接过妻子递来的纸笔，洋洋洒洒写了四个大字：领导要来。

妻子忙问："啥领导啊？"

苏卫东摇了摇头。

没几天，省军区几位领导果然来了。一是到槐树乡来调研脱贫攻坚工作，二是来看望苏卫东这个定点帮扶贫困户。省军区早就有苏卫东的资料，因病致贫嘛！可苏卫东这时候却不像个病秧子，手里拿着酒瓶子，坐在河边的树底下喝起酒来。

他早就是个酒鬼了。一开始村里人为讨个好彩头，"傻子喝酒，想啥啥有"。一到家里办了红事就请他到酒桌上来。后来人家办白事他也去，一开始还挺忌讳的，慢慢地觉得他是个傻子，跟他有什么好计较的呢？于是他就染上了酒瘾。不能每天都有人办红白事吧？苏卫东就买酒在家里喝。屋子里不敞亮就坐在门口喝，门口不凉快就坐在河边上。这么一来，这周郢村石槽河边就经常上演着"傻子醉酒"这么一出戏。

村里的会计看他醉醺醺的，抱着酒瓶子在河边憨笑着，一个箭步跑上前去，夺下他的酒瓶子，拉他起来。

"傻子，别喝啦！省里领导来看你来啦！"

他哪管这些，仅扭过头抬眼望了望，又去会计身上寻他的酒瓶子。会计越是躲闪，他越是找得欢，找着还发出"咯咯”的笑声，引得众人在一旁看了好久。

省军区来的几位领导相视笑了笑，走上前去。他看到领导来了，也不好意思再抢他的酒瓶子，向着家的方向指了指，呜呜啊啊地说了一句什么，颠着朝那走去。这时，大家才注意到那三面墙。其中一位瘦高的军官问身边的村支部书记：“这是他家？”村书记苦笑了一下，说道：“是。住了好些年了，不让拆，也不想搬。”“这可是危房啊！”书记没好再说什么，示意领导们去他家看看。

其实，他家也没什么好看的，净是些不值钱的破烂玩意。往往是人家刚扔出手，他就给捡回来，不管有没有用，也算是给家里添置一个物件。因为家里有个女人，所以东西收拾得还算齐整，没有那种邋遢的样子。要不说嘛，家里还是有个女人好！说起他的妻子，估计这会正在乡里哪家不知名的饭馆端盘子、洗碗呢！

他踉踉跄跄地走进家门，想要拿水壶给客人们烧点水喝，却被领导们叫住了。领导们要找他聊聊天。于是他从屋里找出纸和笔，就和大家围坐在屋檐底下，聊起来。苏卫东突然一想，上次跟人聊天是什么时候啊？还是年轻时候刚跟妻子认识那回吧？还记得那回跟妻子从孔老夫子聊到王国维，再从王国维聊到金庸，多么投机。可这回，苏卫东好像变了个人似的，不再跟人家谈儒学，谈《人间词话》，而是对方问一句，他写一句，时而嘴边还说些大家听不懂的话，显得十分俏皮可爱，又让人哭笑不得。

暮色将至，几位领导起身，向苏卫东告辞。他支支吾吾，对着一群人的背影说了声“再见”。

省军区在槐树乡调研了三天，回到省城不久后，派了个顶着“两杠一星”的干部又来到周郢村，这回是驻村扶贫来了。

苏卫东肯定是不愿意配合的，他也不是不懂什么叫脱贫攻坚，反正就是觉得自己一天天过得还算快乐。他哪里贫了？知识贫吗？不贫。当年还差点儿上了名牌大学。精神贫吗？也不贫。平时就爱读读书，写写诗歌、散文。妻子还经常拿“身残志坚”来夸他哩！他就把“身残志坚”歪歪曲曲地写在几张纸上，贴到屋里几个显眼的地方。那么他哪里贫了？不就是口袋里没有钱吗？干部说：“我们扶贫就是要让你的腰包鼓起来呀！”他还是不愿意，拿起扫帚要把人家赶出去。一连几个星期，都没有做好他的思想工作。眼见着过年了，干部打算先不回家过年了，争取在年里把苏卫东的工作做通。

春节前夕，正是流感季节，大年初一，乡里头就有好多户人家得了流感，且主要集中在周郢村，槐树乡就不停地往县卫健委打电话汇报。一时间，槐树乡舆论纷纷，村民们在网络上吵得不可开交。苏卫东没有手机，就只能从门口伸出头来，看看路上走着哪些人，又发生了什么事。然而见得最多的，就是救护车。

救护车没日没夜地穿梭在周郢村、槐树乡与县医院之间。后来武装部也从县里运来生活物资，救灾点就设在石桥边上，离苏卫东家不足百米。卡点二十四小时有人站岗，是解放军同志吧！站得笔直笔直的。苏卫东再定睛一瞧，那不正是省军区下来帮自己脱贫的干部吗？

苏卫东这时候才感觉到党和人民政府给他带来的亲切暖意。他可不是一般的傻子啊，这是大家公认的。他突然想起二十年前淮河流域的洪灾，那时候也是这么一群人啊！想着，眼泪竟笔直地砸在鞋面上。于是他找到稿纸，奋笔疾书，一篇洋洋洒洒的长篇报告文学横空出世，满篇洋溢着对党对人民政府和人民军队的感激与歌颂。

放下笔后，他拿着稿子踉踉跄跄地走到救灾点，请他们把稿子转交给指挥部。指挥部负责新闻宣传工作的同志读罢文章后也被文中洋溢的激情鼓舞着，很快作品就在多家媒体上发表了出来。

稿子发出去没两天，县委宣传部的同志找到他，请他继续写几篇稿件。他表示自己愿意，并连声道谢。一连几个月，写了四十多篇新闻报道，统统发表了出来，苏卫东也赚了不少稿费。

苏卫东将稿费全部都捐了出去。他还想着替解放军战士们站一班岗，可是被婉拒了。他就经常从家里拎着开水壶，去给执勤的战士们泡茶喝。

干部又来到苏卫东家做工作，苏卫东客客气气地从屋里搬来新添置的凳子，让干部坐下，好去屋里沏茶。干部婉言拒绝，拉住了他，他就拽着干部到屋里去，让干部自己倒茶。干部看到苏卫东如此热情，没有把他撵出去，觉得心里头暖暖的，简直想哭。

其实苏卫东本来啥道理都明白，就是被一个“懒”字束缚住了。

不久县委召开了一次表彰大会，苏卫东有幸受邀参加。

县委书记接见了他，表彰他是残疾人群体的模范，是人民群众中当之无愧的英雄，还给他颁了一个沉甸甸的奖杯。他捧着奖杯，心里美滋滋的。

会后，县残联主席专门到槐树乡来找他，请他到县残联任职残疾人专职委员，也顺便帮残联办公室写写材料，写写报告啥的。

没两年，苏卫东当选了县残联副主席兼秘书长，还加入了市作家协会，完成了他儿时的梦想。

又过了几年，苏卫东被调到了市残联任办公室主任，又被市作协推荐到鲁迅文学院参加了中青年高级作家研修班，进修毕业后，借调到市文联任副主席。

苏卫东从没想过，摆在他面前的竟会有这么一条光明的路，他从来没想到命运会给他这样一个机会。虽然还不知道能不能继续在仕途上走下去，但光明已经在这里摆着了。这些年，他心里头还一直惦记着一个人，就是当年他的定点帮扶责任人。要不是当年受到感化，恐怕已经被倒塌的三面墙砸死了。对了，苏卫东早就从“三面墙”搬出去了，起初搬到槐树乡公路旁边的一间平房里。不算太好，可总归是四面墙了。后来又在县城买了房子，如今调到市里工作，又搬到市政府的家属院里。那年从“三面墙”搬走前，他还嘱咐村党支部书记：一定不能把那三面墙拆了，也不知道拆了没有。

于是，苏卫东准备带着老婆和娃，回到周郢村看看，也顺便给爹娘上个坟。

他穿着一身质地考究的黑色西装，显得十分气派。车子在“三面墙”前停了下来，果然，还没拆。一家三口从车子里走下来，往屋里看，还是旧时的那些景象，进去走一遭，落了一头的蛛网。他又带着妻女来到二老的坟边。他已不太认识这座坟了，找了好半天。站在坟前，苏卫东携着妻女磕了几个响头。临走时，又放了一挂鞭炮。

完毕后，一家三口回到车里，准备离开。碰到的村民都在朝他打招呼，一口一个“三面墙”。这次，他才感到无比气派。

白布条（一）

猫来穷，狗来富，猪来头高戴白布。

——豫南民谣

终于走完了整个村子。

这是我扶贫的第二个月。具体点说，是我驻村的第二个月。

一张调令犹如一支箭。从弓里射出，就再也别想回到弓里去。于是就带着文联的几个小同志来到这霍家集。

这里距固始县城不近，来回要近两个小时的车程。从二〇四省道沿城区北去，霍家集村就离尽头不远。它是固始的最低处，又因是三河交汇处，且具有了特殊的地理位置，也就有了非凡的历史意义与现实意义。我是2002年第一次到了霍家集。那时的霍家集还小得很，老街那儿有条臭沟，新街在十多年前是某户人家的庄园。从二〇四省道下去有一处鹅厂，尽管是十多年前的事，我却始终忘不掉那个厂传千里的粪土味儿。至今似乎一切都是陌生的，一切都变了。

当然唯一不变的是贫困，否则我也不会到这个鬼地方来，坐办公室不比这舒坦？虽然这里有全县最大的粮食生产基地，却依然不能改变它穷困落后的现状；可话说回来，如果不是因为它的贫困，我或许不会与它如此亲密地接触，永远不会。

霍家集已贫困了好些年了。之前在党史办看到过二十世纪八十年代的革命史，那个时候我们国家国务院的扶贫工作组，就常驻在这里。可谁能想得到啊？这二三十年，两三代人，还是没能帮这个固执的村子脱贫！我大抵上是最后一代驻霍家集村扶贫的干部了，在我到达这个村子的前一天就已经立了军令状，今年要摘掉贫困的帽子，严格地说是要摘掉特困的帽子。

在我来这儿之前，恍惚间也已猜到霍姓是这个村子的大姓，而我是极其爱论本家，在此层面上也该是无论如何要帮它脱贫，而且要脱得彻底，让贫困没有翻身把歌唱的机会。

所以我开始走村子。不说也可以领会得到，当然不是从村东头走到村西头，村南边儿走到村北边儿。可要真就这么走，偌大个霍家集绕一圈也得四五十分钟。如此而已。但我得挨家挨户地走啊！两百多户人家就集体蜷缩在这么一个村落里，似乎没有一丁点空闲的区域。从靠近村委的南边一家走起，再紧着向南，然后到另一处地方。人家太多，事情也多，也没记住是如何走访的。比如先是谁，走完之后接着又走的是谁家，这些都记不住。总之我走的最后一家是村委会北边一家，这刚好成了一个圆；算不上圆，也算是个环。这环不论方圆。不管怎么说，我始终是一家不漏地走遍了村子。

霍家集村的老支书是这个村子里霍姓的族长。只要是村里的老霍家出了红白的事，主事的人总要去村北边一处平房，普普通通的平房里头，请老支书老族长到场。有个未成文的规矩应该知道，哪家没去请族长，哪一家的事就算不上体面。谁还不要点面子？但不体面的红白事你会去吗？有人去是不假，那是躲不掉的主。

然而在我走完最后一户人家，并准备登门拜访老支书的时候，九十七岁的老支书在一个祥和的夜晚仙逝。且是那么猝不及防，毫无些许征兆。因为在我走到老支书家里的时候，这老爷子还在院里的椅子上仰靠着，右手夹着烟，十元一盒的帝豪。但就目前来看，老支书是死了，是走了。在那张椅子上，他抽完最后一根烟，脸上还露着笑，仿佛是笑着笑着就背过了气，倘若真如此，那么老支书还算得上极其幸福的，又似乎人都是得这样过，哭喊着来到人世，带着微笑离开人间。

老支书的死是我在某一天晚上去河边散步的路上知晓

的。一群人在老支书家门前搭起了蓝白相间的雨布做帐篷，并且男人的腰间或头上缠着一段白布条，这是戴孝；而其中一位看起来约莫六十岁的老头儿，头上盖了一块浅棕色的布，棉麻的，这是披麻。我认得他，他是老支书的儿子，先前是这个地方一个生产队里的知青，恢复高考后上了大学，然后又回到这个地方来，在政府里头当着不小的官儿。只是我讶异得很，这么一位有头有脸的领导，也能够接受给他的老父亲在家里办丧事？我以为都是在殡仪馆，城郊一处小树林里，单独的一间大院，四处弥漫着烧焦的味道。

遗体躺在水晶棺里。我想为他盖上一面党旗，但我不能，没那么大权力。可当我越发勇敢地凝望老人家的遗容，就越发想盖党旗，这让我失魂落魄。或许是老人家走得太匆忙，家里连棺材也没备好。你能预知死亡吗？你不能。后来我亲眼见到一个丢失了灵魂的肉体，从寒冷而亲切的水晶棺到了棺材。整齐的寿衣，发亮的棺材却让我也有些期待着死亡。

而后是喧嚣的喇叭声把我从这种骇人的幻境中生生拽了出来。这里死人的事情是要请唢呐班的。我不清楚先人那个时代是如何让这种民间传统的声音能够象征着死亡这种事情，但我不知道并不代表就没有。唢呐匠人吹着，该是多响，还是多响。

豫南的丧礼规矩是很多的，虽是口头上的东西，但在任何时候都无比奏效。这是老百姓的共同认知，这是祖宗留下的东西，守得住那是责任，守不住是大不孝。

话是老支书的儿子说的。此时的我仿佛已融入了这样的一个霍姓的大家族里头，不再像当初那样感到排斥，看来是真的本家。因为贴在门口的治丧委员会的名单上已有了我的名字，而令我至今都不能明白的是我怎么就成了整个治丧委员会的主任。说出去都是个笑话，一个村的书记到村里头办的第一件事竟是筹办一个老头的丧事。但这次不是。老支书一辈子名望很高，高到什么程度？三十多年前老支书临近退休时，省里的相关领导就专门来看过他。他老人家还留着那个新闻的报纸。

报纸里头有一段话把这位当时刚刚退休的老干部吹上了天，捧上了天。话是怎样说的，让我一字一句地复述出来大概是不可能了，我是个作家不假，可我是写文字的，不是背文字的。总之在我的印象里，老支书把当时那张《豫南日报》里头写他的，吹他的那些话，用整个后半生去践行。投资文化馆、文学馆、图书馆、学校。老爷子能做的大概也只有这些。

我控制不住我自己的情愫。在老人的葬礼上，我，一个治丧委员会的主任，什么事儿也没干，而是始终陷入长久的沉思里，我想着我得做点儿什么。

于是就找到了事情做。这是老人逝世的第二天下午，是开始烧铺子的时候。“烧铺子”是这个地方特有的名词，并且我几十年也不知道这个专业术语到底是什么。但我应该不需要知道，我人在固始，家在固始，祖祖辈辈也都在固始。谁要是发生了什么意外，死了，仙逝了，也理应按照固始的规矩来。所以当然还是要说“烧铺子”的。

这铺子是说床铺子，就是床单、被褥、衣物一类的逝者生前用过的东西。烧铺子时，棺材还安放在家里，来悼念的人要绕棺材一圈，抱被子的抱被子，拿枕头的拿枕头，更多的是稻草，这里还分什么草啊布啊？都是要烧的东西，都会成一团灰。

我们烧铺子的时候会有年轻的后辈架着灵屋灵车走在前头。启程时，主持葬礼的人手里得拿个杯子，杯里装的是喝的，我也不知道到底是个什么玩意儿，紧接着就是按照村里的习俗来。凡是死了人，烧铺子的事情都要到东山上去。东山不是山，只能勉强算个丘，处在人迹罕至的地儿。东山上有一座破庙，庙里满打满算供了三尊像。不知从祖上哪代传下来的，但凡是出了白事，来悼念的人总要到这儿来拜一拜。究其历史，就连刚逝去的这位老人都不知道要追溯到什么年代，更不要说村里的年轻一辈。而我更是无从讲起。

年轻一代的人，只有遵循这老规矩。所以人死了当然还是要来这儿，也必须来这儿。死了人的事情，在固始这个地方不是什么大事，也不是什么小事，还是挺重要的。但死了人要闹动静，动静一大事儿自然就大了，尤其是这霍家集的老霍家出了白事，动静就格外大，所以烧铺子的队伍就长。其间经过岔路口，要穿过马路到那头，让这马路上的车等了两分多钟。且这一行人上了东山，到了庙前得走三圈，可是一圈没走完，队伍便分不开了，哪儿是头哪儿是尾呀？于是这边得罪了庙里的菩萨。这边灵屋稻草烧着，那边磕头，这可得多磕几个，好为刚刚得罪的事儿赔个礼。磕着烧着，那主事的倌就把杯子摔到了墙上，之后这队伍得去掉身上的白布白帽，才回了家。

出棺是烧铺子过后那天的事，是葬礼的尾声，并且出棺这事比烧铺子更加隆重。前一天夜里守了一夜的儿女要换上一身新的行头，当然也有灵屋灵车，且更豪华，数目也要多些。这固始南北两边跨度大，风俗也不大相同，可在出棺这事上还是保持了统一性：一早出棺，因为“一天之计在于晨”。后辈走在前头抬着灵屋、灵车，后面要儿子抱着遗像，得有人搀着。有不抱遗像的这种风俗，但手里要举一个大的纸花，（这纸花常被人叫作“帆”，顾名思义，在前头指引方向的）迎风走在最前头，无论举纸花还是抱遗像，都得是男人来，这不知是否又是偏见，总之，死了人出棺，女人都到不了坟地来，大概是祖上规定的。

因为出棺是最厚重的仪式，队伍也就比烧铺子的队伍长，还是如先头说的那样，霍家的队伍是长之又长。人多花圈多，这就显得死去的这老头有名望，有声誉，也自然显得这霍家有脸面；可话又说回来，霍家本就有脸面，这老爷子的葬礼才称得上如此隆重。

这天早上六点一刻钟，送棺的人到齐后开始启程。值得一提的是，从固始南边专程赶来抬棺的汉子，带着两根圆滚木和杂乱的麻绳，在天蒙蒙亮时便赶来，将棺材抬到院里，摆好送棺的阵势。十六条汉子抬棺，这也算是极高的排场。最高的是三十二人，可百年来还没人见到过那么高的规格，名义上再高，也是远离了咱老百姓的生活，也就没人再去理会它，十六人足矣，况且也没有三十二人抬得下的棺材呀！

六点半的霍家集。因为是阴天，黑压压的一片。也好，明亮的天气是显不出这场葬礼的厚重的。葬礼是从老人儿子撂下饭碗那一刻就走进了尾声，要出棺了，没吃饭的人也得放下饭碗，当然女辈就不用了，前面说过女人到不了坟地去。也会有顽皮的孩子想吃过饭了，再跟着出棺的队伍，没人阻止他们，毕竟是孩子。

最前面走着的是老支书的儿子，披麻戴孝，举着一人多高的扎花，由两个人搀着。不知为何，每每死去的人出殡，家人总要被一左一右的两人搀着，无论年老或是年少。大概担心家人因过度悲伤在途中昏倒，抑或是为亡灵开出一个“左—中—右”的阵势，好凸显他高高在上的地位。这是我的猜测，至于到底为何，谁也不知道，当然谁也说不清。

唯一看得到的，说得清的还是葬礼，举花圈的人跟着扎花这个“领头羊”走了好远。其实也没有多远，在他自己说来就是一普通的农村老头，受不了贵重的礼。不会有十里长街这么一说，因为霍家集没有一条完整的街能有十里，毕竟是个小村庄。

出棺队伍的主心骨还在那十六人身上，棺材在那儿，老爷子躺在里面，又是他们扛着担着，这是自然。我们这些来参加葬礼的朋友，除了能够听到那唢呐齐鸣声，还能听到抬棺人拼尽力气的喊叫声。豫南叫它“打哟吼”：

“哟——嘿——哟——哟——嘿——哟——打起劲来哟吼——”

十六个男人的嗓门惊了天，动了地，也使这口棺在本就崎岖不平的山路上，随着喊叫抖了又抖、震了又震，仿佛是棺里的老爷子被施了什么法术，直至入土也不能瞑目一般。

这当然是一种想象，确切一点说是一种可怕的幻想。孩子天真，这些话便是从孩子嘴里说的。随行送棺的孩子善于观察，也发现了这口棺抖得厉害，脱口而出“见了鬼”。虽说是童言无忌，但在葬礼这种庄重的场合是玷污不得，比如人死不能说死，说老了、过辈了，所以“见鬼”这词……鬼？人家有大名，叫魂魄？这种污蔑性质的绰号若被人听到了，可是要遭罪的呀！

霍家集有一部《霍氏宗谱》，记载着族人的姓名、辈分，同时记载着这个家族的历史。宗谱由清朝传至如今也算得上是古老的文化遗产，只是老霍家的宗谱五年一小修十年一大修，牛皮纸后附了各式各样的纸张，这也使文物失去了价值。

一段时间后，我被派到省文化和旅游厅出差，又见到了老人的儿子，他是省文联的同志。因为从没见过霍家集那样严肃又庞大的阵仗，便越来越觉得那封建。我问他，他笑笑，给了我几个字儿，“咱进了城也别忘了根”。

我思虑很久，终是没搞懂啥意思。

白布条（二）

也许，狗娘永远不会忘记一九五九年的那个秋天。

狗娘姓姜，是隔壁高庄村的，十多年前被她爹卖到霍家集，给霍金生家的大儿子霍天顺当媳妇。狗娘打记事以来，就知道她爹是个老酒鬼。狗娘爹手里没有生意，成天凭着赌博挣钱，养活一家三口，后来变成一家两口。

狗娘的童年就在她爹的牌桌边度过。早上就跟着他爹去村里老王家开的小赌场里头，中午在老王家吃，下午接着赌，晚上回家睡觉；第二天再起早……如此，日复一日，年复一年。后来，狗娘大了，也不再跟着爹去赌场。她起早给爹做饭，送他出门，晚上再做好饭，等着爹回来吃。十六岁那年，狗娘跟他爹要求要上学堂读书，正赶上她爹喝了几盅酒。言罢，爹一个耳光扇过来，“老子哪有钱给你上学？”狗娘以为爹是酒熏的，忍住没纠缠下去。过两天，狗娘又跟爹提起要上学，要读书。她爹没说什么，还是往她脸上扇了一巴掌，“老子没钱给你上学！”狗娘这孩子心地善良啊，她想想，也是，上学还得交钱，家里确实是没钱啊，便不再提了。

狗娘人长得不赖，又勤快能干。眼见着是青春的年纪，村里村外没娶媳妇的人家来找她爹提亲。爹替她一一回绝了：“俺家娃不嫁人！”说着还拿起扫帚打。于是村里村外的人都知道高庄村的老姜家的闺女不嫁人，时间一久，就再也没有人敢上门。

其实狗娘有喜欢的人。村里老王家的小儿子顺子跟她一般大的年纪。小时候跟着爹去打牌的时候，她就爱找顺子哥玩，后来不去了，顺子就经常偷偷溜出来，到她家里找她。顺子每次来的时候，都会从家里带些什么东西。木头雕的小人，石头刻的小狗，每次总能赢得狗娘的芳心。之后好久，顺子哥不再来了，她也不敢去找。后来顺子托人给她捎了封信，可她哪认得字啊？于是就跟爹说要上学，学认字才能读懂顺子的信。问了几次，爹也没同意。她只好把信暂时藏起来，想着等以后顺子再来找她的时候，再让顺子哥亲口念给她听。

可没能等到顺子哥回来。她爹在牌桌上一连输了半个月，老王觉得没趣，不再借钱给他了。到后来家里也没什么能典当的东西。于是，闺女成了他在牌局上最后一根救命稻草。理所当然，她爹把狗娘抵给了霍家。商量着这年八月十五，老霍家来人把狗娘接走成亲。

狗娘当然不愿意，她咋也没想到自己的父亲竟能拿自己去巩固他在牌局上诚实守信的声誉。于是她就撕破了脸跟她爹吵起来、打起来。狗娘胳膊细，劲小，拧不动爹的大腿，只好一个人躲在墙根哭起来。哭着说：“死也不嫁！”

她爹开始争论起来：“凭啥不嫁？你好好嫁个人家，

爹也放心些。”

狗娘缠着不放：“你这是嫁闺女？你这是卖闺女啊！”

说罢，她爹一把抓住她的胳膊，厉声呵斥：“老子是输了呀！是输了呀！老子也不想把你嫁给人家呀！”

狗娘以为爹是假煽情，依然咬住不放：“不嫁！打死我也不会嫁的！”

爹恼了，扯着狗娘的胳膊往上提，一边还说着：“你嫁不嫁？我非问你嫁不嫁？你给老子跪好！”

狗娘一把挣脱她爹的手，朝外跑去，仍旧哭喊着：“不嫁！不嫁！”

狗娘爹想等着闺女消消气，静静心，以为她就能明白自己的良苦用心。可那一头，狗娘正站在河边试探，准备跃身一跳，好解决了这段痛苦，还是被人拦住了。隔壁霍家集村几个顽皮的孩子正在这沟边游着泳，钓着鱼。其中一个年纪稍大，十七八岁的男孩见到狗娘满脸泪痕地站在沟边，觉得这女孩子定是要跳河。也是那一瞬间，男孩一把抓住狗娘的胳膊，把她半悬空的身子拉了回来。狗娘突然以为是她的顺子哥回来了，睁眼看看，又不是，急忙从他的手里挣脱开来。“老天爷不让你死，回家吧。”

霍家娶狗娘的日子逼近，狗娘一天天觉得心里不痛快。顺子哥呢？顺子哥咋还不来？她多想上老王家看看，问问顺子哥为啥这么久不来找她。过两天，也不知是不是谁有意传的，说是老王家的小儿子死在了抗日前线的战场上。狗娘惊呆了，忙问她爹这事是不是真的。爹点了点头。“都几个月的事了，骨头都沤烂了。”狗娘一下子瘫坐在地上，又起身，去找顺子哥当时写给她的信。拿去村口，找秀才家儿子读给她听。狗娘听罢，醒悟过来，这是顺子哥的遗书呀！

到了八月十五，霍家按时派人来接狗娘成亲，这下狗娘没有反抗什么，只是临走前给爹说了一句：“我再也不会回这鬼地方来！”

狗娘十八岁嫁给霍天顺当媳妇，这年，霍天顺二十三岁。前文已说过，霍天顺是霍金生的大儿子，1921 年出生。早年间读过几年私塾，后来抗日战争爆发，教私塾的老先生跑了，霍天顺也就辍了学。霍天顺平日里不着家，就难说到人家，每次爹让他去跟人家见见面，或者直接提亲的时候，他就找借口跑出去。后来霍金生急了，干脆也不管了，成天往高庄村老王家赌场里跑，跟狗娘爹成了牌友，一见面，互相就“姜兄”“霍兄”称着。霍金生知道狗娘爹这人好胜心强，赌瘾又大，就经常跟他赌，想从他口袋里头捞俩钱。也不知那天是喝昏了头还是咋的，狗娘爹没钱跟他赌了，扬言把闺女赌给他。霍金生先是一愣，以为狗娘爹是醉话，就没当回事。第二天在牌桌上，狗娘爹敲定了日期，让霍金生八月十五派人来把狗娘领回家。

霍天顺是极不愿意的，但父亲的话又不敢不听，只能默认。等到狗娘嫁来那天，霍天顺才知道，狗娘就是半个月前自己在河边救下的女孩。狗娘一见他，脸也通红，似乎被强迫的愤恨也就不复存在了。

其实狗娘原本不叫狗娘，这名字是她嫁到霍家之后村里人给她起的。狗娘嫁到霍家第二年的时候，给霍天顺生了个大胖小子。孩子生性不好动，三岁才学会走路，经常在家里家外爬来爬去。村里人开玩笑，干脆叫狗子算了。这一来，也就有了狗娘的称呼，也就一直被叫着，再没人提起狗娘的本名。

狗娘嫁到霍家的第二年，抗日战争胜利了。狗娘开始闲不住，想借着公公的家业找点儿事情做。好些年前，霍金生在霍家集的街上是开了一家店铺的，铺名叫“合兴”。1938 年日本兵打进中原来，从六安叶家集来的一支队伍经过霍家集，放火烧了门店，霍天顺他娘也惨死在日本兵的屠刀下。这下日本兵被打跑了，霍金生本意也是找点儿事情做，其实不是他想做，是他想找活给儿媳妇做，但一时间也没什么头绪。因为祖上没有生意，想干点儿什么就难上加难。狗娘说想开个杂货铺，霍金生没同意。咋不同意呢？当年他带着孩子从外头回来，亲眼看着天顺他娘惨死在杂货铺。那之后，他一看到杂货铺里头的柜台就害怕，甚至不敢接近。于是无论狗娘咋说，这杂货铺他也不同意开。天顺心里懂，他知道爹心里有个心结，哄妻子说，“不开了，不开了，咱再想想。”

晚上，狗娘躺在床上想了又想，还有什么活可干呢？就算是想出来了，公公能出钱帮她开店吗？狗娘越想心里就越不得劲，想着还是算了吧，于是就不再想开店了。

霍金生的小儿子霍天佑是霍家集出了名的小人物。天佑打小就聪明，虽然读的书不多，肚子里的大道理却是一套又一套，不熟悉的人很难认为这个满腹经纶的人还是一个十七八岁的少年。狗娘生的俊俏，天佑仅小她一岁。

说霍天佑是霍家集里出了名的小人物，这绝不是空口无凭。霍天佑五岁那年就表现出了过人的文学创作天赋，这在霍家集是绝无仅有的，他也因此在霍天顺任教的思源小学度过了一段充实的生活。霍天佑上学没交过学费。说是学费，其实就是粮费。因为霍金生跟大别山乡的人关系都挺好，逢谁家里有红白事的时候，他就让小儿子去给人赋诗题字，后来就成了乡里头的专业户。只要谁家里有啥事了，就主动上门来请他写，也有带着东西来的，开大价钱的，只是霍金生这人心善，也就是写个字的工夫，不流血也不流汗的，干脆就一概不收。乡亲们也不好意思啊，后来听说天佑在上学，大家就聚在一块商量着，给孩子交粮费。因为霍金生家在霍家集本就算不上富裕人家，这一来就给霍金生减了不少担子，于是带着儿子天佑挨家挨户登门道谢。逢年过节的时候，也让天佑拎点儿东西去每家串一串，逛一逛。乡里头的老人一见到霍金生都说：“你家这俩孩子将来都是要成大事的！”

后来，天佑这孩子执意要上前线，到抗日的战场上去。霍金生想不通。霍金生说：“老百姓见到枪都躲得远远的，你倒好，往人家枪口上送！”天佑没作声，也不敢作声。爹在家从来都是有权威的，他一顶嘴，更不能离开这个家门。后来，天佑找到他哥。他知道，爹爹在很多事情上还是尊重兄长的意见。“为啥去当兵？”霍天顺问他。“哥，你比我清楚。你常跟我说，国家兴亡，匹夫有责。”霍天顺说：“你该好好坐在教室里学习呀！”霍天佑说：“学得下去吗？你还有学生可以教吗？”霍天顺的确没有学生可以教了，这是早就发生了的。从一九三八年日本兵打进霍家集之后，霍家集有些村子户户都死绝了。再者，谁还有心思在学堂里安静地读书啊？霍天顺也总算是同意了。

……

农历一九五九年大年三十的第一缕阳光照到鸡公山山顶的时候，霍天顺已提着一个破旧的皮质公文包，从回霍家集那辆班车上走了下来。紧随其后，霍天佑也赶回了家。这已是惯例，十三年来都是如此。

同样村口还是围了那些人。有熟悉的面孔，也有新来的。每年这时候，村里的人就计算着时间，摆上阵势，迎接这位从信阳回来的给地委书记当过秘书的机关干部，顺便也将就着欢迎一下从田地里扛着锄头爬上来的老农民。

霍天顺早已习惯了这样的阵势，前几年下了车点个头，哈个腰，可越到后来他越感觉不自在，再回来就直奔家里。倒是霍天佑借了哥哥的光，像下乡调研一样，一个个地打招呼，无论认识或者不认识。这一点霍天佑就觉得哥哥不如他，觉得哥哥官做大了，有了官架子。他也跟哥哥当面提过，霍天顺倒没太在意。几次过后，他也就不再提了。

霍金生在霍家集这些年来名声大噪，因为他这两个争气的儿子。凡是谁家有些啥事，霍金生总是乐意帮忙，也不是他帮，他找小儿子办。小儿子办不了的，再找大儿子办。但霍天顺一般是不办事的。他的原则性在整个地委机关是出了名的。这也决定了他在地委办秘书这个位置上干到底的宿命。他自己也不想往上提了，位高责任大呀！能稳稳当当就稳稳当当的吧！

但霍天佑不这么认为。他早就厌倦了自己的身份啦！想去当个什么官。但是他没有机会。好多次他借探亲的名义到信阳去找哥哥，其实就是想混上个一官半职的。混到啥位置呢？他自己也没仔细想过。最好是能入个党，进到县委里头，手底下管着人；当然，再大胆一点，若能到地委跟哥哥并肩工作，也是不错的。霍天顺总说他异想天开，于是拖了好几年也没办。后来，天佑回家请父亲给自己这位亲大哥做一做思想工作，霍天顺这才勉强答应。

眼看着年已经到了，天佑本想再探探底，想知道自己到底是个什么职位，看着哥哥那副铁面无私的脸，他也没好意思问下去。

不问是对的。

霍天顺已经无心去处理他弟弟的事了。

具体一点说，从中秋节那天开始，霍天顺就已经把这些小事抛在脑后了。

是的，发生大事了。其实不用哥哥说，天佑心里也很清楚，大事早就发生了。而且就发生在他的身上。

天佑有个哥哥是干部，这是千真万确的。可他毕竟还是农民，这是村里人说的。不仅他，就连他爹他娘，都是农民。他搞不懂村里人是咋算的，我是农民不假，可俺哥毕竟在地委当着官哩，俺爹妈这成分，总该高一点吧。村里人不知咋反驳他，一个劲把他往外推，他知道没戏，不计较了。

只是霍天顺年前回家没几天，就回了地委。之后的一两年间，再也没回来过。

而霍天佑呢？去地委与哥并肩工作，成了他自己口中的笑话……后来他再也没提过这件事。

氏族

在霍家，令后人最为庆幸的是那年三月，六世出了八门。

这支族系，清朝由山东枣林岗辗转迁来。先祖死后葬于大别山区碎石岭山，后人也就追随前人的足迹，在这里繁衍生息。

六世出八门，是霍家千载难逢的幸事。

族史记载：生八门，且富贵。

是这年一个春日，农家壮汉霍学文正在田地上插苗割草，面朝黄土背朝天。六岁的儿子永忠蹚着灌满泥水的鞋跑过来。

“爹，俺妈让我说，她快不行了。”壮汉一愣，不行？咋个不行法？他想也不想，向永忠扔去一把锄头。

“爹也快不行了！来，帮爹割草。”永忠仍然站在原地。

壮汉看了看，把锄头踢得更近些。

“帮爹除草。”永忠依然无动于衷。

“我叫你帮我割草你知道不？”

“我数三个数。”壮汉怒了。

三个数后，永忠挨了一顿打，因为他满嘴胡扯。

“俺妈让我说，她快不行了，俺妈让我说，她快不行了……”永忠扯着嗓子叫。

壮汉好像在一瞬间想起了什么，怔了好一会儿，嘴边才蹦出两个字来：“坏了！”

随即如脱缰之马一般跑回家。此时妻子杨晓茹已经成功生产。是邻家的刘大嫂听到霍家传来阵阵哀鸣，或者说是惨叫。刘大嫂破门而入，看到晓茹正艰难地从床上爬起来，刘大嫂赶忙上前去……

霍学文有些懊恼。

霍家又添一男丁，但他是想要闺女的呀！

他坐在小子床前，看着白嫩的脸蛋，长叹了一口气，起身走向庄稼地。

霍学文又有了一个儿子的消息，好像一夜之间传遍了全乡。也许是接生婆刘大嫂嘴快，贺喜的人踩歪了霍学文家本就不高的门槛。而他只是冷冷地从脸上挤出笑容来。傻子都知道那叫苦笑。苦笑是啥？不高兴呗！为啥苦笑？因为人家都替你开心，你总不能带个哭丧脸吧！像话吗？他也只能选择苦笑。

就在霍学文儿子诞生的第二天，33 岁的县公安局大别山乡派出所所长霍学清成了最年轻的族长，张罗着家族里里外外的事儿，包括霍学文儿子的大宴。这位族长在祭祖仪式结束后匆忙赶往霍学文家里，一切事情无一不经他手办理。

霍学文又能干些什么呢？是啊，他一个农村孤陋寡闻的农夫能干些什么呢？不过是想着未来的一天能有一个闺女吧！

酒席过后的那天晚上，他躺在床上。妻子抱着熟睡的孩子倚在床头。

“晓茹。”他叫着妻子。妻子闻声抬起头望着他。

“俺想……”他吞吞吐吐，说出又咽下。

“想啥？”晓茹不明白，“想啥你说啊！”

“俺想要个闺女。”

“闺女？”晓茹更不明白。“要啥闺女？这有儿子挺好的呀！长大一点儿就能上街里头帮着打酱油了。再大一点就能下地了，多好！”

霍学文心里到底想的是什么，他自己都不知道。他就想着二哥霍学清家里有一儿一女，儿子尚在襁褓，女儿已经是上学的年纪，他多羡慕啊！都说闺女是棉袄，生出个袄子，这么冷的日子还能扔了不成？不能吧！

霍学文想要闺女这件事一直在俩人心里瞒着。

晓茹说：“等两年吧，家里都养不起仨娃，看看过些日子咋样再说。”

霍学文想：等就等吧，总有一天他也得有个闺女，有自己的闺女，让人家看看我霍学文有多风光、多体面。

两口子在那一夜给孩子起了名。

乳名叫来根。

为啥？我老汉家闺女得继续来呀！大名霍永义，只是为了和他哥凑个整。

忠义。

霍家祖祖辈辈都以耕田为生，四世过后才有些好转。

五世长门霍学武在20世纪50年代末早亡。五世二门霍学清在族兄中算比较出息：20世纪50年代末高中学业后，20世纪60年代初应征入伍。他在部队先后担任炮兵战士、骑兵通讯员、班长。五年后退伍被选送固蓼县地委党校公安干部连学习，结业后被分配至固蓼县公安局工作。

五世三门是贫穷一代。霍学文以祖业为基，种粮卖粮为生。四门霍学金读过几年书，家族中排行最小，在大别山乡霍家宅村任支部书记。

春天刚过，来根已经是两岁的年纪。农家人的战地在田野上，出身于农民家庭的他就不免要离开母亲的怀抱，坐在田埂边上看着长辈们忙碌的身影。

杨晓茹是村里强势的女人。十里八乡都知道霍家宅村老霍家五世三门的媳妇是个泼妇，人们背地里都这样叫她。晓茹家境好得很，家在固蓼城，他老杨家是知识分子的家庭啊，哪有不认识的？算是大家闺秀，那时候固蓼人都穷，娶不起。霍学文在当时算不上有多帅气，虽是一米八的个儿，面相却不好看，人家也不知咋形容，就是大姑娘都看不上眼，所以也就一直未娶。二人不知因为啥晕头转向碰撞到一起，模模糊糊的，也就定了婚期。

杨晓茹被叫泼妇是在她嫁到霍家的第三个月的事情。

为讨公婆欢心——其实也是为了不被人家赶出家门，她对公婆十分孝顺。早上五点钟起床做大锅饭，做完饭，喂鸡喂鸭喂猪，再去庄稼地里头帮男人干活。但是，再精密的伪装也只是伪装，不能以假乱真。烧菜不用油，熬粥不放米，煮面不放面。时间一长，她开始偷懒。早上赖床，白天也不下地了，晚上也不做饭。有时霍学文看不下去就说两句。可她杨晓茹不在乎。有本事你去做饭！随后，就只是霍学文轻轻的叹息。

积年累月。

公公婆婆看不下去，一家人就开始吵架。晓茹就一下子坐到地上大哭起来，一哭就怨东恨西。

杨晓茹开始掌控霍学文的钱。她觉得，没钱就做不成任何一件事。她真是不想看到逢年过节自己家男人把钱往公婆兜里塞。于是她就给自己爸妈送钱。“俺爹就不是俺爹？有能耐你去挣钱，跟我发啥脾气！”

“你爹妈兜里的钱是要饭要的？年年过年那么些钱都喂狗了？”

杨晓茹骂不过男人，就开始砸锅。声音震天动地。如一阵春风，让人知道这家有一个媳妇是泼妇。

这个词是公公先骂的。那一锅一瓢都是公公置的呀！咋能不心疼？于是大年初三这天早上，儿媳妇又开始发脾气，公公在家门口叫道：“你就是个泼妇！”

这一叫，人们都听在耳里，都看在眼里。于是泼妇这个词也如春风吹遍了这个村庄。

来根两岁那年，染上了一种极其罕见的病。皮肤红肿，伴着伤寒感冒，时而面红耳赤，头晕目眩，时而昏迷不醒，双眸发红。正值秋收时节，霍学文将农活拜托给弟弟便带着孩子四处求医。杨晓茹也不顾一切地放下了心心念念的牲畜。

乡里有个神医老爷子，坊间流传无名无姓，包治百病。

这夫妻俩带着孩子找到了十里八乡传说中的老爷子。老爷子听霍学文讲述了病症很是诧异。自己活了一辈子，抢救过无数无辜者的灵魂，还从未见过这类疾病。他有些为难。老爷子假装为孩子号了号脉，叹息着摇了摇头。

霍学文用他最普通的农人思想思考了一番，这发生在皮肤上的病症，号个脉能号出啥玩意？他走了，回到家收拾衣服准备去大别山乡医院。霍学文背着孩子，杨晓茹在后面拖着，走在赶班车的路上。这里到乡上，只有这早上一班车，再等就是第二天。他们坐上车，也算是挤到了位置。杨晓茹抱着孩子坐下，霍学文站在边上。

在那个年代，危机总是悄然地来了，悄然地又走了。

孩子在大别山乡中心医院看病的间隙，杨晓茹决定一个人去繁华的乡里逛一逛。在那个物质生活匮乏的时代，一个乡各式各样的玩意儿都让她大饱眼福。她在一个茶馆坐下来，拿出从公公那儿捡到的几张纸票，点了一壶茶。这是何等香浓，何等美味的一种饮料啊！确实比家里打出来的井水好喝多了。杯子里像草一样的东西就叫作茶？杨晓茹咂一口茶就闭上眼睛品味一回。茶中透着微苦，也透着清凉，一壶下去精神爽朗了许多。她想给娃她爹带一壶尝尝。

于是她把一壶微苦的可口的茶带去了医院，一路上的人都在注视她和她手里的茶壶，她自己也美滋滋的。可没想到，丈夫看见这壶茶之后竟然暴怒，一起身就打翻了她手中的茶壶。“为啥？”霍学文大叫，“你敢问为啥！我的钱怎么忍得了你这么糟蹋！一壶茶呀，一壶茶而已，可不是嘛！一壶茶，城里人喝的玩意儿，一个农村妇女凑什么热闹！”

“城里人喝？可事实上呢，城里人也不喝这玩意儿。”

危机悄然化解。

来根在大别山乡卫生院度过了很长时间。不晓得是几天，几个月或是几年。到底是什么病吧，医生答不上来，住院观察，一直给开中药。后来实在没有什么用了，才勉强找到同类西药。出院后，医生给捎上了已经包好的药，吃到全身红肿消除为止。

这一来，他的病就不叫病，或是过敏反应，抑或是什么其他的东西。

一念山水间

人生之幸福，莫过于生来就拥有一座山和一条河。我是幸福的，小城的人们也都是幸福的。

我是伴随着变迁的平房、楼房而长大的孩子，对那条街当然有着难忘的情怀。但我不以此为荣。我想着楼房又能怎样？该活的人都还活着，死去的人就永远地死了。所以我很小的时候，就不爱在屋里待。

我家的二层楼房坐落在桥沟北街的尽头，门前是凸凹不平的水泥路。路连着一条十来米的小桥，桥下碧波荡漾，一条河穿行而过，向着旭日东升的方向驶去。我幼年就读的桥沟小学就立在这河边上。当然，这河是有尽头的，它汇入史灌河。襁褓时代的我，就住在这史灌河边上。我的父亲是河道管理段的职工，1998年来到桥沟集，不久后就担任了监察办主任。2000年与我母亲完婚后挤住在河道管理段家属院的一间三四十平方米的屋子里。我出生后，那也成了我的第一个住所。家属院紧贴着史灌河，那里曾是一所炼钢厂。高耸的烟囱在岁月的洗礼中成了危险建筑，不久前被拆除了。幼年的我，总是依偎在父母的怀抱里，要去河边，去桥上走一遭，去聆听河水拍打大堤的声音，去触碰流淌了上千年的史灌河水，去嗅史灌河传递出的香味。

小城里最伟大的河是那条闻名遐迩的淮河。古有“江淮”“黄淮”，说的就是这淮河。诗有“空天细雨后，淮色烟柳新”，道的也是淮河醉人的景。令小城人们骄傲的，就是这淮河在几千年的流淌中仍毅然静卧在人们面前。

我在小城生活这么多年，却在十四岁那年第一次亲眼见到淮河，它也是一条普通的河，河床不比其他河流威严，泥沙量不比黄河多，也不比其他河流少，可它又是一条不平凡的河。翻开上古中原地理图册，淮河流过的区域惹人注目。淮河流域随着中华民族的崛起，而孕育了无数生灵。

这座小城是大别山余脉在土地上的蜿蜒。小城的人们也很幸运，是大别山革命老区人民。我从没有上过大别山，也从未爬上过西九华山、安山，可我对于山的那种感情，并非无从谈起，而是无以言表。贾平凹先生说，秦岭是中国最伟大的山，也是最中国的山。我不敢苟同。中国最伟大的山，该是大别山才对。那些既渺小，又平凡的山，能够傲然屹立在大地上而不倾倒，不为众人所知，也不震怒，才是最伟大的山。刘邓大军挺进大别山、大别山下的丰富的地域民俗文化、《再见了大别山》……一串串中国印记使大别山巍然屹立，草木丛生。

2010 年我从久居的桥沟集搬到了固始县城居住。大概是一个炎热的夏日。清晨的阳光穿透了云彩射在一辆辆货车上，到中午时越晒越热，下午阳光就消散了，那个时刻父亲锁上了家门。后来的那场阵雨是突如其来的，像孩子背井离乡洒下的泪水，愈来愈大，也愈来愈苦。

起初，每逢节假日，我还是可以乘公交车回到故土看一看旧房子，再住上一段时间的。但是后来在城里住得久了，生活也拮据起来。父亲就干脆卖掉了老家的房子，才够贴补家用。

我已八年未亲吻故乡的土地了。如今每每想起老家的老宅，便不觉想去看看山、看看水。特别是在看罢关于故土的影像，读罢关于故土的文字时，这种感觉就油然而生，并且十分强烈。故土就是母亲嘛！天底下哪有母亲不想儿的道理？

写作五年来，我总喜欢写故乡，却从没有去那块土地上好好地走一走。无论是《吆喝》还是《年谱》，我未曾去见我的故乡母亲——也是它们真正的母亲。

我打算启程，回一趟桥沟，去告慰分别了八年的史灌河了。还记得在那条河的桥上，临别前我丢下一串桃核手链，不知现在是否留在那里。

老街

那条老街横亘在人山人海的城市里。

望乡台

这演绎着东方喜剧美的舞台上，蓝红花白的各式各样的脸，能让人泪流满面。孩子们害怕大花脸，那是妖、是鬼、是魔。在孩子们看来，演员本身就是妖魔。他们得逃离戏园子。大人们一见这大花脸，便开始感伤。那是从东方古老文明中流传下来的文化，是伟大而不失典雅，宏伟又不失艺术的瑰宝，他们的泪水中满是乡愁。

一个挂着大红的脸，扮着忠义相的老生从幕后走到台前，这是出将，“红脸”哇哇呀呀吼了几嗓子，又迈着步子到另一侧走向幕后，这叫入相。有些人在台下紧张地讨论着这到底是个什么角儿，只见这老生提着一把青龙偃月刀出来了。这时，新鲜的看客才知道这是关老爷——关云长。就连那金丝碧眼的白脸儿票友，也随声附和着。

忆乡轿

汉子们抬着一顶花轿行走在戏园外那条长街上。女孩们都有红装梦。中国人古来讲究的婚嫁是门当户对的，接新娘的人穿着红袍排成一条长长的队伍。新郎官走在前头，或骑在高头大马上，伴着匠人的唢呐声，叫作十里红装。更讲究的是，如果队伍这头进了娘家的门，那头还没从婆家的门走出去，新人今后才最恩爱。

汉子们抬的轿子显然已经坐上了新娘。轿夫们满身的汗水与新郎的得意忘形告诉了外人一切。新娘掀开轿帘向外望了望，人们才看清她是红装的中国新娘。在都市街头，迎亲的队伍吹奏着东方的小曲儿，行人纷纷投来艳羡的目光。这跨越时光的轿子，在黑夜显得格外辉煌。

味香楼

茶楼里的厅室能够一眼望见楼外的街景。喝茶的人总爱挤在窗户边上，总能将京戏花脸、十里红装一类的美景尽收眼底。

无论坐在哪儿，来逛茶楼就一定是喝茶的。午后，人们走进茶楼，沏上一壶龙井或是碧螺春——这条街上的人来自中国的四面八方，所以茶楼里也就混杂着各种各样的茶香。

一位白发苍苍、精神矍铄的老人在茶楼里坐下来，旁人看着他将一壶茶摆弄得有滋有味，有香有色。这叫作茶道。虽比不上唐代陆羽煎茶之道的儒雅，也不及曹雪芹《红楼梦》里那般苛刻，却仍是十分讲究。无论煎烹焯洗，茶楼里的茶仍是祖国的滋味，人们过的也是东方的生活，懂生活就好，这一类的专有名词就显得大可不必了。

每一个与老街相关的人来到这里，都会怀着崇高的敬意走完一整条街。文玩古字、年画对联、旗袍蒲扇、篆刻印章、武术……用繁体的中国汉字书写的招牌是这条街最具风格之处。居住在这条街上的人，情愫常常沿着大洋彼岸从太平洋漂流到那片生养他们的土地上。他们说，那是一个装载着传统，盛满回忆的村庄。有的人在谈话的时候经常会用诗来表达自己的愁绪：为什么我的眼里常含泪水？因为我爱这土地爱得深沉。

人们叫它“唐人街”。

（本篇荣获第十三届中国中学生作文大赛一等奖）

向父亲敬军礼

看着身上的军装让我想起了父亲。

在我穿上它之前，父亲已经二十多年没见过这身行头了，特别是07式军服普及以后，他就愈发想亲眼见见，当然，更好能摸一摸这身军装。

我一直想写父亲。可是，真要提笔了，正如这会儿，才发现我对我父亲并没有那么了解。不过是上中学的时候，他高兴时，会给我讲讲他童年的一些忍俊不禁的历史与当兵时期的往事。

后者是我听得最多的，也是我听得最入迷的。当然他讲得也入迷，甚至将筷子伸进辣椒酱里，然后挑进碗就着小米粥大口大口吃起来，也不忘接着讲下去。他常给我讲，他是哪一年萌生了当兵的想法，想通过当兵逃离那段他甚至不敢回想的童年；哪个月因为去县里的武装部才第一次进了城，发现房子原来不只是土坯的，衣服不只是带补丁的，路也不只是泥巴铺就的；又是哪一天真正穿上了军装，从哪个地方坐上绿皮火车，一路开往福建去……

我会把他给我讲的这些事一一记在脑子里。因为我那时就有了参军的想法。我还小的时候，父亲经常教我唱军歌：《打靶归来》《小白杨》《我是一个兵》……后来穿上这身军装后，连队里的同志问我怎么会这么多首歌，我打趣说来部队之前自己恶补的，我心说，其实十年前我就会唱。

我一直觉得部队是我父亲生命的一部分。打我记事起，他就教过我很多东西，但大多已经记不清了。唯独他教我敬军礼这件事情，我一直未能忘却。那时候的父亲还很年轻，三十出头。他每次把我抱在身边的时候，就教我对着太阳的方向敬礼。那种口令声，后来也仅是在教员那里听到过。去年参加军训，到了“敬礼与礼毕”这个科目的时候，我的带训班长称赞我的敬礼姿势很标准，当时我在心里默念：“这是我父亲教我的。”

父亲1994年参军入伍，在部队服役三年后，复员回到地方来。三年的军旅生涯改变了他的一生，也丰富了我的世界。

我是在小学六年级第一次向别人提起我的军人父亲。那次语文课堂上，语文老师让大家仿造例句写一句话，我第一个举了手。“我的爸爸曾是一名光荣的中国人民解放军战士。妈妈告诉我，几年前他的手上还有着厚厚的一层老茧。”当我在课堂上大声说出这句话时，我看到全班同学都向我投来了羡慕的目光。从那以后，我总是忍不住自豪地提起我的老兵父亲。

去年体检面试的时候，面试的首长问我：你为什么参军？我说因为我父亲。他们问起我父亲曾经所在的部队，我大声说出了那支部队的名字。

春节放假，我从学校回家，行李里装着我那身07式火箭军常服。到家后，我激动地把军装拿给父亲看。那时，我分明清楚地看到他眼睛里流露出的那种光芒，是我从未见到过的。

我鼻子一酸。

今年八月，我在淮河大堤上跟随杨根思部队执行抗洪抢险任务。隔着淮河，我远远看见在执行防汛任务的父亲，驾着他那辆车行驶在河岸上——父亲通过车窗在看着我。

我放下沙袋，挺直了身子，面向对岸，发自内心地，向我的老兵父亲敬了个军礼，顿时热泪盈眶……

畅谈文学的愉悦远比
不舍之情更值得纪念

我是来自河南固始的青年学员霍昊天。非常荣幸今天能够作为学员代表站在这里发言。为期一周的作家研修班结束了，我和前辈们一样对奔流文学院依依不舍。当然，我们畅谈文学的愉悦远比不舍之情更值得纪念。

我是本届作家研修班年纪最小的学员。能来奔流文学院学习对我而言，尤为珍贵。我在中学时代从固始散文作家叶晓燕老师那里了解到《奔流》杂志，从那时起就渴望着自己将来有一天能到奔流文学院学习。我现在还记得三个月前王冉老师通知我可以来奔流文学院学习时内心那种无以言表的激动。

这次来奔流文学院学习，一个极为重要的收获就是，通过聆听各位讲师的讲座，与各位作家前辈的交流，更加坚定了我文学创作的决心。乔叶老师的“自我拷打、自我怀疑、自我审视、自我否定”，李佩甫老师的“从生活到创作”，胡弦老师诗意的灵魂，冯杰老师的亲切与幽默，李炳银老师的家国情怀，赵瑜老师的责任担当，王剑冰老师真诚坦率的散文讲座，等等，都使我终身受益。在学习中，我也结识了一些令人尊敬的前辈：德高望重的张长安老师疫情期间深入一线采访，创作了报告文学《战疫颂歌》；桃李满天下的庞全林老师教导我“作家要到人民中去”；夏峻老师彻夜不眠，坚守文学创作本心；从苏州远道而来的韩树俊老师笔耕不辍，在他的文学世界里尽情地徜徉……

我是第二组的成员，我们组的庞全林老师、谢石华老师、王海洋老师、刘峰老师都是十分优秀的作家。学习期间，在同老师们的交流中，我重新审视了自己创作的作品，认识到自己的作品还有很大的不足。

其实这次来奔流文学院，我是有很大压力的。一是我年纪尚小，来学习的每一位老师作为我的导师都绰绰有余。二是我来自文艺事业蓬勃发展的固始县。中华人民共和国成立以来，从我县走出了杨纤如先生、王昌定先生等21位中国作协会员，省作协会员达73人之多。特别是我县往流镇的往流作家群，在全国都享有盛名，我生怕因为自己的年轻、稚嫩丢了固始作家的颜面。当然，在与许多老师的交流学习中，他们的教诲使我将这种压力转化为创作的动力，鼓励我在文学道路长远地走下去。

最后，请允许我代表奔流文学院第十二期作家研修班的全体学员向省作协、省报告文学学会、时代报告杂志社、奔流编辑部、洛阳华洋会议中心的领导、老师、工作人员与为我们传道授业解惑的讲师们致以诚挚的敬意。希望奔流文学院越办越精彩，希望各位老师的作品丰收、硕果累累。衷心地希望奔流文学院能够把作家研修班开到我的家乡固始，同时欢迎各位老师来固始做客。　　（来源：奔流文学院）

文学是我的宿命

——南边文艺网专访霍昊天

时间：2020 年 6 月 20 日

人物：霍昊天

“文学是我的宿命，写作是我自我救赎的方式。我不企盼从文学中得到什么，只希望暮年以后，再重读自己年轻时创作的作品，能在回忆中构建出属于我的理想国。”

——霍昊天

南边文艺网：作为一名“00后”青年作家，你认为真正的“后浪”应该是什么样子？

霍昊天：在我看来，“后浪”这个词并不代表着你有多么优越，它是属于我们这个时代的每一个人，就是用一种简单的方式去诠释一种有魔力的、直击人心的力量。无论你是什么学历，从事着什么样的职业，是衣食无忧，还是仍在迷茫着，只要路是自己脚踏实地走出来的，你都有机会并且有资格被称为“后浪”。对于作家，特别是青年作家这个群体，也是一样的道理。我们这个社会有太多想当作家的人，但是你找不到他们的身影，也许你会在一些文学网站上看到，但他们的作品点击率很少。是因为写得不好吗？并不是。因为文学作品是不能用好坏来划分的。当然也有一些优秀的青年作家，在各种赛事、论坛崭露头角，包括这些人在内的每一位创作者，我觉得大家都是“后浪”。

南边文艺网：在不断进行文学创作的同时，你也是火箭军的一名士官学员。请问你平时是如何进行时间管理的呢？

霍昊天：在学校里，我大多是在教室或者是在训练场上。基本上，不学习、不训练的时间我都在写作。即使这样时间也很少，所以我的创作时间都是挤出来的。从课间挤、从午休时间挤，然后就是利用周末的时间专门写点什么。

我觉得创作对于我们非专业作家来说就应该是这样。一方面给我们的精神充饥，一方面充分利用碎片化的时间。

南边文艺网：军旅生活对你的创作是否有影响？可以跟我们大家分享一下吗？

霍昊天：我现在在学校里生活，还没有到军队的基层单位，再加上我的军事素养还不足够，可能还体会不到小说、电影里所展现的那种绵绵战友情，这是一个阅历的问题，它是需要积累的。

谈及它对我文学创作的影响，我觉得时时刻刻都有吧。萌生创作军旅题材作品是对我最大的影响。因为我穿上军装之后也开始读一些军旅作家前辈的作品，像第十届“茅奖”得主徐怀中老首长、徐贵祥先生、曾剑老师，等等，也接触了之前没有接触过的《解放军文艺》《战士文艺》等文学期刊。我也模仿老一辈作家，结合自己的生活，创作了一些军旅题材的短篇小说。

莫言先生前两年说，军旅文学正在经历瓶颈期，就是中老年作家不了解年轻官兵，年轻官兵不愿意进入这行中。所以我觉得我作为年轻官兵，可以去尝试做这件事情。而且我也发现创作是一个让你猜不透的东西，像我刚刚讲的那三位军旅作家，无缘无故好像就有了一种缘分。徐贵祥先生是徐怀中老首长的爱徒，包括莫言先生，他与徐贵祥先生也是同窗好友。曾剑先生又与徐贵祥先生同在大别山生活过，一个在安徽六安，一个在湖北红安。而我的故乡河南固始刚好也在大别山的脚下。有时候我就跟自己开玩笑说，“你看你跟这些前辈多么有缘”。这就是一种宿命吧。

南边文艺网：我们了解到你也是一名剧作者，针对当下国内网络小说知识产权改编影视作品盛行的现象，你有什么看法吗？

霍昊天：作为创作者来说，我觉得这是一个很好的趋势。这两年，无论是在社会层面，还是个人层面，网络文学都受到了极大的关注，中国作协也成立了网络文学中心，这对于网络文学创作者来说是一种馈赠。那么在这个背景下，对网络小说进行二次创作，改编成电影、电视剧，这是一个很自然的现象，也是市场需求所决定的。而且不仅是网络文学，很多纸质出版的作品也相继呈现在荧幕上。这种现状鼓励着更多的文学爱好者投入到创作中来，对我们是一种鞭策，激励我们创作出更好的作品。

南边文艺网：你认为在快节奏的当代，文艺创作者对社会的意义是什么？

霍昊天：其实我更喜欢称之为“文艺工作者”。首先，文艺工作者起到的是一个宣传的作用。宣传思想、文化等各个方面。2014年习近平总书记在文艺工作者座谈会上谈道，“文艺工作者要讲好中国故事、传播好中国声音、阐发中国精神、展现中国风貌”，这应该作为我们创作的一个宗旨，或者说使命。其次，他是为人民发声的。作家要深入人民，扎根人民。人民是创作的源头活水，你看我们现在的很多作品都是与人民有关的，无论是网络文学还是现代文学，它都是在刻画社会与人的这么一个命题。再者，文艺工作者这个群体有一种力量：榜样的力量。因为文艺工作者这个群体很大，包括文学、艺术、影视，等等。这就需要文艺工作者有一种社会责任感，之前在评论里看到有三个词是：效益观、自我观、创作观。文艺工作的目的，是为这个社会带来更多的美感、智慧和精神的启迪。

跋

在湘江一畔，远眺桑梓地

当我从生活的潇湘热土踏上生我养我的那片中原腹地时，一切都开始变得陌生起来。

我踏上的这片土地是豫南一隅。豫南，河南南部，主要指信阳市，温带季风气候，被誉为“北国江南，江南北国”，依傍大别山，滋养淮水河。我的家乡坐落在番国古城以北，所谓番国古城，也就是今天的河南固始。其实这个地方不太适合被叫作村落，方圆几里最繁华的地方还要数这儿。镇子的中心，有一桥一沟，故名曰桥沟。又因为是繁华的集镇，曾有名曰桥沟集，可是时过境迁，周围乡镇的规模越来越大，它凭借着繁华的街市被划到了丰港乡，我们今天再来看一个名叫桥沟的地方，便是将它放在丰港乡桥沟街道的坐标下。

我的外公是一位老党员，1945 年农历腊月二十八，老人家出生在桥沟区桥沟集一个叫东张营的村庄。老人家 15 岁那年毅然辍学，在桥沟公社东张营大队，做了一名会计，这一干就是半个世纪，如今这位朴实的老党员仍奋斗在基层的岗位上……

在母亲的记忆里，这个叫作桥沟的集镇的繁华，始于 20 世纪的末期。一位叫作胡亚才的先生改变了这片天地。这是母亲在我童年时期告诉我的，因为对于故乡的深厚感情至今也没能忘掉这个名字，后来渐渐地接触文学才知道，母亲说的胡亚才，就是如今信阳市作协副主席，也是信阳市的副市长。我的外公曾与胡亚才先生打过交道。20 世纪 90 年代胡亚才先生由三河尖乡调往桥沟任桥沟乡党委书记，当时的桥沟可不像现在这样阡陌交通。唯一的共同点是现在桥沟的最南边的一条街，人们常说的老街，是那个时候唯一的一条街。结合着从前辈们口中得来的信息，我模模糊糊地知道了什么：胡亚才先生调任桥沟乡党委书记后，决定要在这片黄土地上开出一个集镇来，开出一个真正意义上的街市。在一片片稻田里，人们铺上了水泥石子，为子孙后代铺出了一条走向光明未来的柏油路。我外公当时在桥沟街上有一处房产，至于来历，大概是老人在青年时期，走出东张营大队后，花几千块钱买了这么一处，可不要小看这几千块钱啊，那个时候猪肉一两块钱一斤，如今也是翻了好几番。这几千块钱也不是个小数目呀！我外公在那时至少也算是个中产。胡亚才先生因扩建桥沟街需要拆掉这处房产，前面说我外公与胡亚才先生打的交道也是这时的事情。至于房产后来肯定是拆了，否则我们也不会看到如今马路纵横的街市。

我是有两个故乡的。

1998年我父亲因为工作的原因从南大桥乡来到桥沟，后来与我母亲完婚后，索性就将户口迁到了这里。总的来说，我的家族在南大桥，自然那里也是我的故乡。对于这个家族的所在地，我并没有记忆，唯一值得庆幸的就是心中的一个念头：如果没有这个地方作为我的家乡，或许我一辈子也不能像现在这样陶醉于回忆故乡的文字里无法自拔。记忆犹新的一件事，那一年父亲在桥沟北街的房子前放完了鞭炮，便启程去了南大桥，我到现在也想不起来大年三十的那个下午是个怎样的心情。偶尔这种情感便会再次油然而生。

我的家族是一个普通的农民家族，20世纪初由山东枣林岗（今枣庄一带）辗转迁来。先祖霍天龙、霍天虎兄弟二人带着我们这一支族系的先人分别住在南大桥乡夏集村、赵岗乡两路口村一带，后来的人也就在此繁衍生息，并且香火一直延续到了今天。

我在南大桥没有待太长的时间，每每欢度春节时才在那里停留，也不过两三天。我说我们的家族很普通，但却有着一个不小的规模。我所知道的，爷爷兄弟五人；老大在五九年去世，父亲与我两代人都没有见过老人家是什么模样，时间一久，就被我们这个家族淡忘了。父亲兄弟八人，老四在前两年因癌症早逝，我亲爱的四伯啊，在霍氏族谱的那一页里被永远钉上了“已故”的字眼。我们这一代兄弟十二人，老大出生在 20 世纪 70 年代末，老幺与北京奥运会同岁。

我的童年是在大别山南麓一个极其平凡的小乡村里度过的。那时浮现在我眼前的不过是一排排整齐的二层楼房，萦绕在我耳边的是来往小贩的叫卖声……这是我对于童年的最初印象。

后来，因为学业被迫离开了那个养育我八年的小乡村。曹文轩先生的长篇小说《草房子》里，桑桑随父亲即将去到另一个陌生的地方时的那种心情，特别是组成巨大花环的鸽子，那是一种精神寄托。

我的文学创作就是从搬离小乡村开始的。当然并不是刻意而为，起初并没有写故乡。因为那个时候根本就没有故土这个概念，也不知道故乡情结究竟是一个什么东西。我最初是通过梁晓声先生的《慈母情深》开始文学创作的，其实完全是一个偶然。就是在抄写这篇课文的时候找不到课本了，于是就凭借着自己对它仅有的一些记忆硬着头皮写了下去，结果发现竟一字不差。因此，年少的我认定自己有创作的天赋，就开始了漫长的摸爬滚打的文学创作路程。

在这段路途里，我母亲是我的启蒙导师，扮演着引路人的角色。我童年时期写的文章，我母亲经常会拿去修改。我记得那时候学校经常会发河南教育报刊社主办的《小学生学习报》，我母亲就将报纸上的作文，一字一句地裁下来，粘贴到我的笔记本上。

2020 年 5 月，我在线上参加了首届文学青年训练营。记得一次授课老师布置了一个课后作业，让大家为母亲写一篇文章。我在文章里说，我母亲是“当代中国杰出女性的代表人物”。也许看起来语气有些诙谐，但这是我发自内心的，对我母亲真实的评价。在我的记忆里，我母亲是有魔力的。首先是生活上的魔力，她有很多角色：一个贤惠的妻子、教子有方的母亲、工作严谨刻苦的职场女性；

其次是思想上的魔力，母亲在我童年时期教给我的一些为人处世的思想，使我终身受用。

我在童年时期的家教是很严的，父母对我极其苛刻。可以说我是在棍棒的捶打下成长起来的，并且这种状态一直持续到我16岁。长久以来，我与父亲都是典型的中国式的父子。我父亲在教育孩子这件事情上，原则性是很强的。他不会去跟你讲什么道理，你做错了事就要认错，不听话就要认错，否则就要承受皮肉之苦，直到你认错为止。而我那时正处在叛逆的年纪，在父亲面前总会表现出“唯我独尊”的姿态，也就经常挨打。记事以来，我总是从心眼里惧怕父亲，总是有意地远离他。后来开始变得叛逆，懂得了“反抗”，与父亲发生口角也就成了我的便饭。当然，在后来的成长过程中，我与父亲的关系也在慢慢缓和……童年时期的经历对我的创作影响很大，也给我的作品涂上了一层特殊的基调和底色。那种害怕和焦虑直至现在还让我觉得心酸。

终于可以谈谈这本书了。

这本短篇小说集的筹备与创作花费了我整整两年的时间。说长也长，说短也短。要说长吧，我2013年开始写小说，至今也有7年。要说短，这本书书稿的整理与交付也仅用了一个月的时间。我喜欢将《白布条》归类为我的代表作，我说的是那篇写豫南葬礼风俗的小说。已经通读本书的朋友也许觉得，这本书的水平似乎不是很高，这是我意料之中的事情。喜欢从后往前阅读的朋友，也请你不要抱太大的希望。

我亲爱的读者，此刻你的手中正拿着这本书吧，也许你读完了，也许你刚刚开始。

但请你不必恭维。

我与其他写书的作者不同。我虽有鸿鹄之志，却又为了写书而写书。因为我这个人不仅极其懒惰，一定程度上还有些痴心妄想。从少年时代开始便期盼着将来某天能在书架上看到自己的作品，就是能显得自己多么与众不同。

我有两篇小说的名字都叫作《白布条》，都收录在这本短篇小说集中。

一部写的是豫南葬礼风俗：在固始这个地方，凡死了人的事情，都要请一位或几位年长的妇女到家里，织白布，于是我的文字里也就有了白布条这三个字。另一部写了信阳事件。其实它最初叫《一九五九》，读起来有些效仿刘震云先生《温故一九四二》的意思。索性也用“白布条”作了篇名。

因为《白布条》在题材上的特殊性，我想还是该写点什么，放在这篇小说后面，给读过小说的读者一个完美的交代，也好带领先读后记的朋友一起走进我的文字里。

《白布条》的故事发生在我的家乡，河南信阳。我一向喜欢这片土地上的历史，特别是具有文学创作价值的历史；写作多年来，也只写过关于这片土地的文字。曾有幸读到作家前辈的教诲：创作最重要的事情就是建立自己的革命根据地。正如此，家乡豫南的土地便是我文学路上仅有的一处革命根据地。对于我来说，文学是我精神的寄托，简单点说，它承载着我想说的，我热爱的一切。

说来是件幸事，其实很是惭愧，今年是我写作的第七个年头。在我年纪尚小时，就经常爱提起笔写点东西，以从中得到消磨时间的乐趣。也是从那时起，我开始对这片土地上的文化上了瘾，一上瘾就持续到了今天，难戒，也不会戒。理所当然的，信阳发生的种种事情成了我的"猎物"。

就目前而言，《白布条》所写的故事，是极不完整的。严肃地说，也是一部失败的短篇小说。但我还是执意要把它作为书里的一章，使它作为本书的糟粕一章。

再说说《氏族》，也算是本书的糟粕，甚至是荒诞！这篇小说是我 15 岁时创作的，其内容、语言，算不上一篇小说，准确地说，也许就是我为了满足自己对于历史的盲目崇拜而写的。文中所写的一切内容在真实历史上并不存在，完全是我凭借着自己对历史的浅显认识而纯虚构的。将其与其他看起来还像短篇小说的文章放在一起，算是滥竽充数。所以无论读者因这篇文章对我产生批评也好，抵触也好，我会欣然接受的，还要真挚地因这篇文章对读者们产生的不良情绪郑重道歉！

这部诞生在我故乡的短篇小说集，有时我更想它是一个延续完整的故事。其实《白布条》的故事是一部完整的长篇小说，而我终究还是学识尚浅，笔墨不足，还没有能力去书写那么一部鸿篇巨制。这样一来，原先的长篇也就被我拆得零散，就像一块块独立的砖头，照样能搭起一座城堡。于是我就下定决心写出这本书来。这本书里的很多作品是我在离开生养我十八年的故乡奔赴潇湘热土求学之后创作完成的。在北京鲁迅文学院，在固始图书馆，在信阳飞往成都的飞机上，在信阳开往长沙的列车上，在河南省文学院，在洛阳第十二期奔流文学院作家研修班上，在我生活着的这片湖南红色热土……每到一处我总是提醒自己始终不能忘却故乡，也就提笔写写，久而久之也就成了这本书。

作为故乡的儿子，在我离开那片生养我的土地之后，我觉得我该做些什么，而除了写文章我也不会干别的。贾平凹先生说，作家要建立起自己文学上的革命根据地。于是我就要让世人知道，在中国河南，淮河流经的地方，有一座名叫“固始”的小城，承载了两千多年的淮河流域的人文精神，自然也背负着中华民族两千余年的荣辱兴衰，这是值得我骄傲的事情……

这篇是跋却不似跋的小文，其实好久之前就写好了。论其时间，甚至比《白布条》的发表时间还要早上个一年半载。在短篇小说集《白布条》的出版中，我又把它搬到我的文字舞台上，命令它充当本书命脉的角色，其实是一种投机取巧。当然，不可否认的是，在我看来，写在故乡或写给故乡的这些文字，都是从这篇小文开始发源，一步一步、一年一年地从我脑子里跳跃出来，排列组合成现在您所看到的小说。我这本书中的一切人物、事物的原型，与我十八九年来在故乡经历的各种事物脱不开干系，否则，我也不会把这不足七万字的文章汇编在一起成书。其实我到现在也并不那么坚定地认为，我的这本写给我自己和我家乡的书，是严格意义上的文学作品。况且，这本书实际的文学性、艺术性的确没有那么高。我也并不希望通过这本书获得个什么奖项，于我而言，那是不切实际的。因为在整理书稿的过程中，我并没有把它当作一部真正承载着我文学水平——其实也没有什么水平——来看……

另外，我想特别强调的是，作为一名作家，我笔下的一些文字，其目的永远都是向着阳光一面的。文艺工作者要树立正确的历史观，要有高度的社会责任感。这是我从总书记的讲话里学习到的，也是我从2016年以来在创作道路上一直遵从的。

我想，我要表达的也足够清楚了。这部名叫《白布条》的短篇小说集，是我写作多年来成长历程的纪录。路遥前辈在《平凡的世界》中说“献给我生活过的土地和岁月”，也许也是我出版本书的目的。

《白布条》的出版，于我而言，当然是一件巨大的工程。在此过程中，家父家母倾尽心血，为本书提供坚强支持；远在河南新乡的张志贤同学为本书《你好，李欣欣》一文提供故事支撑，且在课余时间通读书稿，以读者名义为本书提出了许多宝贵的意见；策划编辑陈万里先生不辞辛劳，为本书出版发行工作费尽全力……值得一提的是，在本书的《故事》一章，征得本人同意后，我将在浙江大学宁波理工学院求学深造的挚友胡振洋同学的故事粘贴了出来，在此一并致谢！

最后，我诚挚地欢迎读者朋友为本书提供宝贵意见！感谢大家！

初稿：2020 年 12 月 17 日于广州图书馆

定稿：2021 年 1 月 27 日于河南固始家中